Bibliografische Information der Deutschen Nationalbibliothek
Die Deutsche Nationalbibliothek verzeichnet diese Publikation in der Deutschen Nationalbibliografie; detaillierte bibliografische Daten sind im Internet über http://dnb.d-nb.de abrufbar.

MIX
Papier aus verantwortungsvollen Quellen
FSC® C107574

Du möchtest noch mehr von uns kennenlernen?

Adaptation from episode 14 season 1 »Princess Fragrance«
Directed by Thomas Astruc
Written by Cédric Bacconnier
Storyboard by Giovanna Ferrari & Frédéric Carvalho
Titel der Originalausgabe: Miraculous – Un parfum de supervilain
Der Text ist erstmals 2016 bei Hachette Livre, Vanves Cedex, erschienen.
This translation is published by arrangement with Hachette Livre.

Adaptation from episode 10 season 1 »Dark Cupid«
Directed by Thomas Astruc
Written by Thomas Astruc
Storyboard by Régis Jaulin
Titel der Originalausgabe: Miraculous – Opération Saint-Valentin
Der Text ist erstmals 2016 bei Hachette Livre, Vanves cedex, erschienen.
This translation is published by arrangement with Hachette Livre.

Übersetzung: Barbara Neeb, Katharina Schmidt und Bernd Stratthaus
Umschlaggestaltung: Grafisches Atelier arsEdition unter Verwendung einer Illustration von ZAG

ISBN 978-3-8458-5881-4

www.arsedition.de

Miraculous

Abenteuer einer Superheldin

Aus dem Französischen von Barbara Neeb,
Katharina Schmidt und Bernd Stratthaus

arsEdition

Marinette & Ladybug

In Marinettes Leben gibt es zwei Dinge, für die sie leidenschaftlich schwärmt: Mode und … Adrien! Das Problem ist nur, dass sie immer anfängt zu stottern, wenn sie mit ihm sprechen soll. Doch Marinette hat ein unglaubliches Geheimnis: Sie ist Ladybug, eine selbstsichere und kämpferische Superheldin.

Tikki

Das ist Marinettes Kwami. Um sich in Ladybug verwandeln zu können, braucht Marinette ihre Hilfe, denn Tikki muss dafür unbedingt in Marinettes magische Marienkäferohrringe, ihre Miraculous, schlüpfen. Die entspannte Tikki hat immer einen guten Rat für Marinette parat!

Adrien & Cat Noir

Adrien ist DER perfekte Junge: gut aussehend, nett und beliebt! Wie Marinette führt auch er ein Doppelleben! Er ist Cat Noir, der Gefährte von Ladybug, in die er verliebt ist, ohne ihre wahre Identität zu kennen …

Plagg

Adriens Kwami ist ziemlich faul und extrem miesepetrig, und wenn er ihm helfen muss, dann tut er das meistens eher widerwillig! Damit Adrien sich in Cat Noir verwandeln kann, muss Plagg in seinem Siegelring verschwinden.

Hawk Moth

Niemand weiß, wer er in Wirklichkeit ist und wo er sich versteckt. Er hat die Macht, Menschen aufzuspüren, die negative Gefühle wie Wut oder Trauer empfinden, und sie dank seiner Akumas in Superschurken zu verwandeln. Sein Ziel? Er möchte Ladybug und Cat Noir unbedingt ihre Miraculous rauben, die mächtigsten Gegenstände der Welt.

Die Akumas

Diese schwarzen, mit Zauberenergie geladenen Schmetterlinge können sich im Talisman eines Menschen mit negativen Gefühlen verbergen und sie so in Superschurken verwandeln.

Miraculous

Das verwunschene Parfüm

Aus dem Französischen von Barbara Neeb
und Katharina Schmidt

arsEdition

1

Wieder mal zu spät!

Heute haben Cat Noir und ich einen gemeinen Superschurken bekämpft … also, der war so richtig fies. Ein gewisser Jean Duparc war von Hawk Moth akumatisiert worden. Unter dem Namen *Der Magier* drohte er damit, den Eiffelturm in einer Rauchwolke verschwinden zu lassen! Stellt euch das mal vor! Nach ein paar Zwischenfällen und mit Unterstützung durch Cat Noir konnte ich den Akuma befreien und die größte Sehenswürdigkeit von Paris retten. Was für ein Glück! Ehrlich gesagt, ohne den Eiffelturm wäre Paris nicht mehr das Gleiche, oder?

Danach haben uns die Journalisten interviewt und Cat Noir hat sich als Superstar aufgeführt. Wie immer. Vor den Kameras hat er es sogar gewagt, mir eine Hand auf die Schulter zu legen – die ich natürlich sofort weggeschubst habe.

Ach, also ehrlich! Der Typ wird sich nie ändern!

Na ja, wie man so schön sagt – Ende gut, alles gut. Aber weil ich meinen Glücksbringer ziemlich lange eingesetzt habe, verwandle ich mich bald wieder in Marinette. Ich verschwinde jetzt besser! Mit meinem Jo-Jo schwinge ich mich von Dach zu Dach, bis ich den Eingang einer Metrostation erreiche.

Als ich auf der anderen Seite wieder herauskomme, gibt es keine Spur von einer Superheldin mehr, da ist bloß noch eine ganz normale Schülerin, die eigentlich schon längst in der Klasse sein sollte!

Wenn ich mich nicht beeile, muss ich mir NOCH eine Ausrede für mein Zuspätkommen einfallen lassen. Hmm, vielleicht dass mich ein Minitornado voll erwischt hat? Oder dass mich der totale Platzregen in die Kanalisation geschwemmt hat?

Na ja, ist alles halb so wild … Außerdem scheint jetzt auch wieder die Sonne.

Während ich so vorwärtslaufe, höre ich plötzlich ein leises Stöhnen in meiner Handtasche. Ich mache sie vorsichtig auf und sehe, dass mein Kwami – und meine engste Freundin – am ganzen Leib zittert. Das habe ich noch nie erlebt.

»Oje! Tikki, du siehst gar nicht gut aus! Ich mach mir wirklich Sorgen!«

Ich denke, dass sie sich wohl erkältet hat. Sie bebt am ganzen Körper und kauert sich zusammen.

»Du musst mit mir zu einem Arzt gehen«, sagt sie leise.

»Wo finde ich denn einen Arzt für Kwamis?«, frage ich sie ratlos.

Ich kann ja wohl kaum zu meinem eigenen Arzt gehen und ihn bitten, Tikki zu untersuchen. Ausgeschlossen!

»Ich kenne einen guten Heiler, Marinette, ich sag dir den Weg«, erwidert sie und hustet.

»Und was soll ich ihm sagen?«, flüstere ich. »Keiner weiß von dir! Er wird bestimmt viele Fragen stellen ...«

Fragen! Da fällt mir plötzlich ein, dass ich gerade Chemieunterricht habe und dass die Lehrerin total streng ist!

Sofort läuft in meinem Kopf ein Horrorfilm ab. Wenn ich wieder zu spät komme, wird mich die Lehrerin sofort zum Direktor schicken. Monsieur Damoclès wird mich verwarnen, mich nachsitzen lassen oder mir noch eine schlimmere Strafe verpassen. Man wird mich für immer in Handschellen in den Kerker werfen. Und dann werde ich Adrien nie mehr wiedersehen.

Oh mein Gott! Okay, ich übertreibe vielleicht ein wenig. Aber wenn ich zu sehr auffalle, bekomme ich bestimmt noch ernsthafte Probleme. Niemand darf herausfinden, wer ich bin.

»Und ich weiß, wer mir noch viele Fragen

stellen wird«, sage ich und denke dabei an meine Chemielehrerin. »Tikki, kannst du noch bis zum Nachmittag warten?«

Sie niest, ohne weiter zu protestieren. Die Ärmste! Mir tut das furchtbar leid. Ich finde es schrecklich, sie so krank zu sehen. Sobald die Schule aus ist, werde ich zu diesem Heiler flitzen, versprochen. Aber zuerst mal geht es in die Schule …

Marinette sollte sich jetzt besser beeilen, denn der Chemieunterricht hat bereits begonnen. Die Lehrerin schreibt ein paar Formeln an die Tafel.

»Die Verbrennung ist eine exotherme chemische Reaktion. Diese entsteht bei hohen Temperaturen zwischen einem Brennstoff und einem Sauerstoffträger …

Alle Schüler im Klassenraum hören genau zu … na ja, fast alle. Während einige mit offenen Augen schlafen – ist das nicht Yvan? –, verfolgt Rose auf ihrem Smartphone eine Reportage.

»Prinz Ali, der Thronerbe des Königreichs von Atschu«, erklärt ein Journalist gerade, »wird heute während seines Parisbesuchs an einer Benefizveranstaltung teilnehmen, bei der Spielzeug für kranke Kinder gesammelt wird, für das Krankenhaus …«

Nun kann man einen jungen Mann sehen, wie er aus seiner Limousine steigt. Rose fällt fast vom Stuhl! Ihr Traumprinz! Vor lauter Rührung kullert ihr eine Träne aus dem Auge. Juleka reicht ihr ein Taschentuch.

»Er sieht so wahnsinnig gut aus«, sagt Rose schwärmerisch. »Und hat ein Herz aus Gold!«

Sie schnäuzt sich geräuschvoll, dann dreht sie sich entschlossen zu ihrer Freundin um.

»Weißt du was? Ich schreib ihm einen

Brief, wie sehr ich ihn verehre und für seine Taten bewundere«, meint sie und greift zu Stift und Papier.

Und sie macht sich sofort an die Arbeit. Ein paar romantische Worte auf den Briefbogen und dazu ein kleiner Spritzer von ihrem Lieblingsparfüm.

Rose verliert sich in ihren Märchenträumen. Sie stellt sich vor, wie der Prinz ihren Brief liest und sich dann auf die Suche nach ihr macht. Und als sie durch Paris schlendert, erkennt er sie unter tausend anderen allein an ihrem Duft …

So wie bei Aschenputtel, bloß ohne Schuh, dafür eben mit Parfüm!

Sie kann an nichts anderes mehr denken, ihr Herz fliegt hinauf in den siebten Himmel …

Ach, wenn ich doch auch nur fliegen könnte. Ich hetze aber durch die Schulgänge … und stolpere natürlich prompt über meine eigenen Füße, als ich in den Chemiesaal hineinplatze.

»Aaaah!« Mit diesem Aufschrei lande ich direkt vor dem Pult der Lehrerin. So viel zu meinen Plänen, mich diskret an meinen Platz zu schleichen.

»Marinette!«, begrüßt sie mich knapp. »Welche Ausrede hast du dieses Mal? Hast du dich wieder versehentlich im Bad eingeschlossen?«

Verdammter Mist! Ich habe keinen Plan.

»Ähh, nein, natürlich nicht«, stammle ich auf der verzweifelten Suche nach einer glaubwürdigen Geschichte. »Ich musste mit meinem Hund zum Tierarzt, weil … er … einen Wollpulli gefressen hat. Ich glaube, er hatte ganz furchtbare …«

Habe ich gerade »Wollpulli« gesagt? Während ich vor mich hinstottere, dringt ein merkwürdiger Geruch zu uns vor. Die Lehrerin schaut strafend zu den hinteren Bankreihen.

»Vielen Dank, Rose, aber ich glaube nicht, dass unser Klassenzimmer parfümiert werden muss!«, sagt sie und kommt vors Pult.

Mit dem Parfümzerstäuber in der Hand reißt Rose erschrocken die Augen auf. Natürlich muss sich jetzt auch Chloé über sie lustig machen – das war ja zu erwarten.

»Ich dachte schon, irgendjemand hätte einen vergammelten Fisch dabei, aber es ist nur Roses Parfüm«, macht sie sich gemein wie immer über diese lustig.

Ich nutze die Gelegenheit, während die Lehrerin nun zu Rose geht und Chloé ihr boshaftes Gift absondern muss, um blitzschnell an meinen Platz neben Alya zu schlüpfen.

»Einen Wollpulli gefressen?«, fragt meine Freundin verwundert.

Zugegeben, das ist nicht gerade die beste Geschichte, die ich mir je ausgedacht habe. Wahrscheinlich eher eine der … abgefahrensten.

Inzwischen fordert die Chemielehrerin

Rose energisch auf, ihr den Zerstäuber zu übergeben.

»Außerdem ist es streng verboten«, fährt sie fort, »während des Unterrichts das Handy zu benutzen.«

Nur schweren Herzens trennt sich Rose auch von ihrem Mobiltelefon.

»Pack deine Sachen zusammen und melde dich im Büro des Direktors!«

Rose tut mir leid, wie sie sich so bedrückt aus dem Klassenzimmer schleicht. Die Lehrerin kehrt ans Pult zurück.

»Ich zeige euch jetzt, was passiert, wenn man mit entflammbaren Substanzen im Chemieraum herumspielt.«

Sie sprüht etwas Parfüm auf einen ausgeschalteten Bunsenbrenner, den sie sofort mit einer Glasglocke abdeckt. Dann drückt sie auf einen Knopf und … BUUMM! Ich zucke auf meinem Stuhl zusammen.

»Und damit das auch keiner vergisst, werde ich euch morgen über die Sicherheitsmaßnahmen in einem Chemieraum abfragen!«, verkündet sie.

Da muss sie sich keine Sorgen machen. Diese Explosion werde ich bestimmt nicht vergessen!

2

In Adriens Armen

Geschafft, die Schule ist aus! Ich frage mich immer noch, ob meine Chemielehrerin mir die Geschichte, dass mein Hund den Wollpulli gefressen hat, abgenommen hat … Als ich die Schule verlasse, sehe ich, wie Adrien angerannt kommt.

»Ihr zwei seid wirklich ein ideales Paar«,

macht sich Alya über mich lustig. »Keiner von euch schafft es jemals, pünktlich zu sein.«

Ich kichere etwas verlegen. Aber es stimmt schon, wir zwei sind beide oft zu spät dran. Doch immerhin habe ich einen ziemlich guten Grund dafür: Ich bin schließlich Ladybug, und das ist so, als würde man zwei Leben in eines packen.

Mein Adrien ist aber kein Superheld. Allerdings hat er mit seinen vielen außerschulischen Aktivitäten und seinem Job als Model immer viel zu tun. Außerdem ist er so perfekt, da darf er auch mal einen klitzekleinen Fehler haben, findet ihr nicht auch?

»Da er den Chemieunterricht verpasst hat, wär's doch eine Superidee, wenn ihm jemand seine Notizen leihen würde, damit er die Stunde nachholen kann.«

»Ja, ganz richtig«, entgegne ich abwesend, bis ich entsetzt begreife, was sie will. »Was? Ich soll ihm meine Notizen geben?«

Ständig redet sie auf mich ein, dass ich den ersten Schritt machen sollte. Ich möchte ja gern, dass Adrien mich endlich bemerkt – also natürlich nicht, weil ich so tollpatschig bin und immer herumstottere. Ich sehe uns schon Seite an Seite im Chemieunterricht arbeiten …

Eine himmlische Vorstellung!

Aber zuerst muss ich mich um Tikki kümmern. Sie hat lange genug gewartet.

»Nein, das geht nicht. Ich muss …«

»Hey«, unterbricht mich Alya schnell. »Deine fadenscheinigen Ausreden ziehen nicht bei mir.«

Eigentlich ist es ja gar keine fadenscheinige Ausrede, aber ich kann meiner besten Freundin leider nichts von Tikki erzählen. Als mein Kwami niest, niese ich ebenfalls zur Tarnung.

»Oh! Ich glaube, ich kriege einen Schnupfen!«

»Du sollst ihn ja nicht küssen«, erklärt Alya und deutet gebieterisch auf das Ende der Treppe. Da General Alya mir keine Wahl lässt, gehe ich langsam die Stufen Richtung Adrien runter. Dabei öffne ich meine Handtasche.

»Ich fühle mich wirklich gar nicht gut, Marinette«, jammert Tikki.

»Keine Sorge! Es dauert nicht lange«, beruhige ich sie.

Dabei achte ich nicht darauf, wo ich langlaufe, stolpere über den Ranzen eines Mitschülers – und wo lande ich? In den Armen von Adrien!

Oje, er schaut mich an. Mir stockt das Herz. Ich vergesse alles um mich herum. Ich weiß nicht mehr, wer ich bin noch wie ich heiße. Seine wunderschönen grünen Augen verschlagen mir die Sprache.

Ich könnte mich einfach stundenlang darin verlieren …

»Alles okay?«, fragt er mich freundlich. »Nichts gebrochen?«

Oh mein Gott! So aus der Nähe sieht er sogar noch viel toller aus! So toll, dass ich vollkommen hin und weg bin.

Dann legt er mir auch noch die Hände auf die Schultern. SEINE Hände auf MEINE Schultern. Das ist der schönste Tag meines Lebens.

»Äh, ja, mir geht's gut«, stammle ich.

Mein Prinz verschwindet, als wäre alles nur ein Traum gewesen … Als ich wieder zu mir komme, bemerke ich, dass Tikki nicht mehr in meiner Handtasche liegt. Ich suche alles um mich herum ab. Von meiner kleinen Freundin keine Spur!

Oh nein, wie schrecklich! Wo ist sie nur hin?

Wie ein hübsches rotes Bällchen ist die arme Tikki in hohem Bogen über die Straße geflogen und nur wenige Meter von Chloé und Sabrina entfernt auf dem Bürgersteig gelandet. Als sie näher kommen, erstarrt der Kwami.

»Sabrina, was macht dieser Prinz Ali heute noch mal?«, fragt Chloé.

Sabrina kontrolliert den Terminplaner auf ihrem Handy.

»Spielzeug sammeln für das Kinderkrankenhaus.«

In dem Moment bemerkt Chloé Tikki vor ihren Füßen. Sie bückt sich, um den Kwami aufzuheben, weil sie ihn für ein Stofftier hält. Verblüfft betrachtet sie ihn von allen Seiten.

»Was für ein Kuscheltier ist das denn?«,

wundert sie sich, während sie Tikki an einem Fuß hochhebt und vor ihr Gesicht hält. »Wer hat das wohl verloren?«

Plötzlich hat sie eine Idee.

»Prinz Ali hat sicher noch nie so ein Kuscheltier gesehen, und wenn er erst mal mich sieht, wird er sowieso nicht mehr an die kranken Kinder denken.«

Als die Limousine vorfährt, die Chloé

wie jeden Abend nach Hause bringt, öffnet Sabrina ihr die Tür. Aber da taucht plötzlich Rose mit einem rosafarbenen Briefumschlag in den Händen auf.

»Redest du gerade von Prinz Ali?«, fragt sie ganz aufgeregt.

Chloé verschränkt die Arme vor der Brust. »Was geht dich das an?«

»Prinz Ali wohnt im Hotel von Chloés Vater«, erklärt ihr Sabrina.

»Das einzig wahre Hotel für einen Prinzen«, prahlt ihre Freundin. »Und selbstverständlich treffe ich ihn dort. Hat der nicht Glück?«

Rose hält ihr schüchtern ihren Umschlag hin. »Oh bitte, könntest du ihm dann diesen Brief von mir geben?«

»Aber klar doch«, versichert ihr Chloé.

Rose traut ihren Ohren nicht. Sie ist außer sich vor Freude! Dann wird ihr Traum ja doch Wirklichkeit.

»Oh! Das ist wirklich supernett von dir ...«

Chloé fängt an zu lachen.

»Du hast wirklich geglaubt, dass ich das tue?«, spottet sie. »Ich geb ihm doch keinen Brief, der nach altem Fisch stinkt!«

Unter Roses entsetztem Blick zerreißt sie den Brief. Das Mädchen sinkt auf die Knie und sammelt die Papierfetzen ein, während die kaltherzige Chloé im Wagen ihres Vaters davonbraust ...

Schluchzend flüchtet sich Rose an die Seine. Prinz Ali wird Chloé treffen und sich bestimmt auf der Stelle unsterblich in sie verlieben. Dieses Mal wird die Böse gewinnen! Von wegen Märchen und Ende gut, alles gut!

Rose versucht, noch einen Brief zu schreiben, aber ihre Tränen verwischen die Tinte auf dem Papier.

In seinem Schlupfwinkel wittert Hawk Moth gleich ihre Verzweiflung. Hmm, das riecht ja ganz nach seinem nächsten Opfer!

»Da ist eine Prinzessin, deren Herz außerordentlich verletzt wurde«, sagt er. »Doch jede Rose hat auch Dornen.«

Bei diesen Worten fängt er einen der vielen Schmetterlinge ein, die ihn umflattern, und verwandelt diesen in ein bösartiges

Wesen. »Flieg los, kleiner Akuma, und verwandle sie!«

Ein paar Minuten später ist Rose auch schon verwandelt. Aus dem jungen, romantischen Mädchen ist … Princess Fragrance geworden! Und ihr Zerstäuber ist nun ihre Waffe. Wehe allen, die es wagen, ihr in die Quere zu kommen! Die werden was zu riechen bekommen …

3

Tikki braucht Hilfe!

Oh nein, das glaube ich jetzt nicht. Chloé hat Tikki einfach mitgenommen! Sie ist vor meinen Augen in ihrer Luxuslimousine mit ihr davongebraust. Wenigstens weiß ich jetzt, wo ich sie finde, im Hotel ihres Vaters. Ich muss dort bloß hineinspazieren …

Aber bei meiner Ankunft bemerke ich zu

meinem Leidwesen, dass das Gebäude von einem Portier bewacht wird – einem ziemlich großen Portier dazu! Er steht da, als hätte er einen Besenstiel verschluckt. Und schaut so frostig drein wie ein Eisberg von Stormy Weather.

Ich nehme meinen ganzen Mut zusammen, recke stolz mein Kinn vor und setze mein freundlichstes Lächeln auf. Los, Marinette! Tikki braucht dich.

»Hallo, ich bin in Chloé Bourgeois' Klasse und ich würde sie gerne besuchen.«

»Bist du eine Freundin von ihr?«

Diese Vorstellung kommt mir so absurd vor, dass ich loskichern muss.

»Eine Freundin von Chloé? Hahaha! Das ist wohl ein Witz«, erwidere ich, ohne nachzudenken.

Ups! Diese freche Bemerkung ist mir einfach so rausgerutscht.

»Also, ich wollte sagen, wir sind in derselben Klasse«, stelle ich richtig.

»Ich darf nur ihre Freundinnen reinlassen, tut mir leid«, erteilt er mir eine Abfuhr.

Was? Aber ich muss unbedingt in dieses Hotel! Für Tikki bin ich zu fast allem bereit – und wenn ich so tun muss, als ob ich mich mit Ihr-wisst-schon-wem prima verstehe.

»Ja doch«, lüge ich. »Ich bin eine … eine Freundin von Chloé. Wir sind sogar beste Freundinnen.«

Der Portier beugt sich triumphierend zu mir herunter.

»Aha!«, sagt er stolz. »Chloé hat aber gar keine Freundinnen.«

Das war eine Falle.

»Heißt das, ich darf da nicht rein?«, jammere ich und versuche es auf die Mitleidstour.

»Ja.«

Mit hängendem Kopf trete ich den Rückzug an … Wenn ich mich doch nur in Ladybug verwandeln könnte, wäre alles viel einfacher. Andererseits, wenn ich mich verwandeln könnte, hieße das ja, dass Tikki bei mir wäre … Also, manchmal muss man einfach improvisieren.

Als ich an den Mülltonnen vorbeikomme, bin ich entsetzt. Schon verrückt, was die Leute heutzutage alles wegwerfen! Ein Pizzakarton und ein rosa Plastikumhang, das geht durch. Aber dieser Motorradhelm! Den könnte ja noch jemand brauchen …

Beispielsweise ich!

Etwas später stehe ich wieder vor dem grimmigen Portier, diesmal aber als Pizzabotin verkleidet.

»Hey! Ich habe eine Pizza für Chloé Bourgeois«, erkläre ich mit verstellter Stimme.

»Eigentlich isst sie nur Sushi«, meint er, »aber gut.« Er winkt mich durch. »Ganz oben, Imperial Suite.«

Es klappt! Ich freue mich. Jetzt muss ich bloß noch Chloé finden …

Da sehe ich sie auch schon am Ende des Flurs. Sie hat Tikki in der Hand und will gerade in den Aufzug steigen. Ich versuche sie aufzuhalten:

»Chloé! Warte mal!«

Ich laufe zu ihr! Sie darf auf keinen Fall gehen!

»Pizza!«, ruft sie angewidert.

Sie drückt wie wild auf den Knöpfen herum, als würde ich ihr damit eine fiese Krankheit anhängen wollen. Was hat sie bloß? Das hier ist doch keine Waffe, nur ein Karton.«

»Komm mir mit diesem ungesunden Zeug nicht zu nahe!«, meint sie entsetzt.

»Warte! Die ist mit Trüffeln und Kaviar belegt!«

Zu spät! Die Türen des Aufzugs sind bereits zu. Na gut, dann nehme ich eben die Treppe. Keine Sorge, Tikki! Ich komme …

Noch jemand baut sich nun vor dem Portier auf. Ein Mädchen mit einem ganz besonderen Look. Elegantes schwarzes Kleid, rosa Haare und grünes Gesicht.

»Ich möchte zu Prinz Ali«, sagt sie, die Hände aggressiv in die Hüften gestützt.

»Was ist denn heute nur los?«, wundert sich der Portier. »Haben Sie einen Termin bei dem Prinzen?«

»Nicht nötig. Ich bin seine Prinzessin!«, sagt das Mädchen strahlend.

»Und ich bin der Onkel seines Affen«, spottet der Portier und weist sie ab. »Hör zu, Kleine …«

Die Superschurkin ist stinksauer. »So redet man nicht mit einer Prinzessin.«

Sie betätigt ihren Zerstäuber. Einen kurzen Parfümstrahl später ist der Portier so brav und folgsam wie ein Lämmchen. Er kniet sich hin und deutet mit einer Hand zum Eingang.

»Zu Ihren Diensten, Princess Fragrance«, säuselt er.

»Das klingt doch schon wesentlich besser!« Zufrieden betritt sie das Hotel. »Also, wo ist denn mein bezaubernder Prinz? Wir wollen ihn doch nicht warten lassen.«

Sie kann ganz beruhigt sein! Ihr Märchenprinz ist in der Nähe … Im selben Moment gibt er eine Pressekonferenz mit seiner Gouvernante und Chloés Vater.

»Zu Ehren Ihres Besuches hier in Paris, Eure Hoheit, habe ich keine Kosten und Mühen gescheut, damit für Sie ein Feuerwerk auf der Seine stattfindet«, erklärt Monsieur Bourgeois. »Das Feuerwerk wird von diesem Schiff aus gestartet.«

Freudig überrascht läuft der junge Mann zum Fenster, um das Schiff voller Feuerwerksraketen zu bestaunen.

»Ich danke Ihnen! Oder wie sagt man bei Ihnen – supercool!«

Aber seine Gouvernante bringt ihn wieder auf den Boden der Tatsachen zurück.

»Der Terminplan des Prinzen ist wie immer sehr eng, mal sehen, ob wir dafür überhaupt Zeit finden. Seine Hoheit hat viele Verpflichtungen.«

Der Prinz sieht enttäuscht aus. Chloè, die neben ihrem Vater steht, wird allmählich ungeduldig. Jetzt ist Schluss mit dem ganzen Blablabla! Sie hat lange genug gewartet. Zeit, Seiner Hoheit vorgestellt zu werden.

Sie hält ihm die Hand hin, doch anstatt diese zu küssen, ergreift der Prinz sie und schüttelt sie energisch. Das ist zwar nicht so ganz das, was sich Chloé erhofft hatte, aber gut … Da ist bestimmt noch nicht das letzte Wort gesprochen.

Nun überreicht sie ihm Tikki, die sich immer noch als Spielzeug tarnt.

»Prinz, ich habe Euch ein kleines Kuscheltier für die kranken Kinder mitgebracht.«

»Oh, das ist wirklich ganz reizend von Ihnen«, bedankt sich der Prinz sehr gerührt von dem Geschenk.

»Ach, Sie schmeicheln mir«, antwortet Chloé. »Aber es ist ja auch eine reizende Geste von mir, oder?«

»Ja, das sagte ich schon«, bemerkt er. »Haben Sie mich nicht gehört?«

Hier läuft rein gar nichts so, wie Chloé sich das vorgestellt hatte. Warum wirft sich der Prinz nicht ihr zu Füßen? Das Blitzlichtgewitter der Fotografen bricht los.

»Sagen Sie Cheeeese!«

Als ich Chloé endlich wiederfinde, posiert sie gerade vor Fotografen neben einem Jungen im Anzug.

Lautlos schleiche ich mich an, verstecke mich schnell hinter einem Bartresen, dann pirsche ich mich etwas näher heran hinter ein Mischpult.

Jetzt hat Chloés Gast Tikki in die Brusttasche seines Anzugs gesteckt. Hält er etwa mein Kwami für ein Taschentuch oder was?

Als ich mir den Kopf zermartere, wie ich ihr zu Hilfe kommen könnte, betritt ein seltsames Mädchen den Raum.

Sie schwingt eine Art Zerstäuber. Einen Moment später stinkt Chloé nach verfaultem Fisch. Und das ist noch nicht alles!

Das Mädchen besprüht nacheinander die Journalisten. Sie drehen sich zu ihr um, verneigen sich und sprechen im Chor wie Roboter:

»Zu Ihren Diensten, Princess Fragrance!«

Eine Superschurkin!

»Wer … wer sind Sie«, stammelt der Junge neben Chloé.

»Ich bin Princess Fragrance und ich bin nur deinetwegen hier. Ein kleiner Spritzer, und du gehörst mir, Prinz Ali.«

Ich habe schon von ihm im Fernsehen gehört. Er kommt aus dem Königreich Atschu, glaube ich. Und diese Geschichte mit dem

Parfüm erinnert mich doch an etwas … Genau, natürlich – an Rose!

Oh nein! Sie zückt schon wieder ihren höllischen Zerstäuber. Ohne Tikki, die mich verwandelt, wie soll ich da Paris retten?

4

Der Heiler

Paris ist in Gefahr und ich kann mich nicht verwandeln! Aber noch mehr Sorgen mache ich mir um Tikki. Es tut mir sehr leid, dass ich sie nicht zu ihrem Heiler gebracht habe, als sie mich darum gebeten hat …

In meiner Not drücke ich einen Knopf auf dem Mischpult – der einen Konfettiregen auslöst. Das verschafft Chloé, ihrem Vater, dem Prinzen und seiner Gouvernante genug Zeit, dass sie sich ins Treppenhaus flüchten können. Aber die Superschurkin bleibt ihnen auf den Fersen.

Ich renne hinter ihnen her, als sie sich in einem anderen Raum einschließen.

Leider ist diese Princess Fragrance wild entschlossen, sich ihren Märchenprinzen zu angeln. Sie betätigt wieder ihren Zerstäuber, und der Zauberduft verteilt sich überall, dringt auch unter der Tür durch.

»Mein Prinz, mein Prinz, das ist der Duft meiner immerwährenden Liebe«, trällert sie, während sie durch den Flur tänzelt und Prinz Ali mit ihrem Zerstäuber einnebelt.

Ach herrje, sie glaubt wohl, sie wäre in einem dieser romantischen Musicals?

Ich blicke suchend umher. Nichts außer einem Putzmittelwagen … auf dem ein Staubsauger steht! Den schnappe ich mir, und einen Moment später ist die rosa Wolke verschwunden. Die Superschurkin dreht sich wütend zu mir um.

»Was soll das? Wer bist du?«, schreit sie mich an. »Wie kannst du es wagen?«

Mit ihrem Zerstäuber, der ihr auch als Flugrakete dient, zischt sie über mich hinweg und zieht den Stecker meines so effizienten Geräts einfach raus.

»Wenn du hier die Superheldin spielen willst, brauchst du schon mehr als einen Staubsauger!«

Da hat sie gar nicht mal so unrecht. Ohne meine Superkräfte habe ich gegen sie keine Chance.

Inzwischen nutzen der Prinz und die anderen ihre Unaufmerksamkeit, um das Weite zu suchen – was die duftsprühende Prinzessin sehr, sehr wütend macht. Sie drückt wieder auf ihren Zerstäuber und im Handumdrehen breitet sich ein rosa Riesennebel im gesamten Gebäude aus. Es gibt kein Entkommen.

Auf meiner Flucht entdecke ich einen Lastenaufzug. Schnell klettere ich dort hinein. Er transportiert mich zur Küche, aber ich habe immer noch keinen Plan, wie ich mit dieser Superschurkin fertig werden soll.

Durch das runde Fenster in der Küchentür sehe ich, wie Chloé, der Prinz und seine Gouvernante das Restaurant erreichen. Meine Mitschülerin zeigt auf ihren Vater, der ihnen hinterherrennt.

»Er ist verhext«, schreit sie den Restaurantmanager an. »Schließen Sie die Tür!«

»Aber das ist Ihr Vater!«, wundert sich die Gouvernante des Prinzen.

»Und wenn schon! Tür zu!«, ordnet Chloé an.

Der Angestellte tut, was sie sagt. Aber die heimtückische Duftschleuder hat einen anderen Weg gefunden: den Aufzug. In einer rosa Wolke erscheint sie daraus und kommt bedrohlich auf den Prinzen, Chloé und die Gouvernante zu, die voller Panik zurückweichen. Was kann ich schon tun? Wenn ich jetzt losstürme, riskiere ich, dasselbe Schicksal wie der Bürgermeister von Paris zu erleiden.

»Komm in meine Arme, mein süßer Prinz«, säuselt die Superschurkin.

In dem Moment macht sich eine Katzengestalt am Fenster bemerkbar. Cat Noir! Irgendwie bin ich heilfroh, dass er da ist!

»Iih, hier drin sollte man mal lüften!«, spottet er.

Geschickt weicht er aus, als ein Parfümspritzer in seine Richtung abgefeuert wird.

»Niemand wird mir meinen Prinzen wegnehmen!«, wütet Princess Fragrance.

Mit seinem Kampfstab kann mein Mitstreiter die Parfümattacken abwehren. Gut gemacht, Cat Noir! Dann fährt er den Teleskoparm aus und schickt die Superschurkin auf eine kleine Tour durch die Küche. Beinahe wäre sie auf mir gelandet! Im Restaurant hilft Cat Noir der Gruppe, durch das Fenster zu entkommen.

Außer sich vor Wut fliegt die Superschurkin ihnen hinterher. Ich komme aus meinem Versteck.

»Tikki, halte durch, ich hoffe, dass es dir gut geht«, flüstere ich, während ich nur hilflos dem Auto hinterhersehen kann, in dem meine Kwamifreundin verschwindet.

Ich darf jetzt auf gar keinen Fall aufgeben! Tikki zählt auf mich und ich muss diese singende Duftprinzessin von weiteren Schandtaten abhalten.

Auf einem Roller – das war alles, was ich auf die Schnelle gefunden habe – sause ich durch Paris. Plötzlich sehe ich an einer Kreuzung mehrere Autos, die kreuz und quer und übereinander stehen. Und dahinter entdecke ich die Limousine des Prinzen. Die Türen stehen weit offen und der Wagen ist leer.

»Oh nein! Tikki! Tikki!«, rufe ich voller Angst um meine Freundin.

Schließlich finde ich sie unter einem Sitz.

»Oh Tikki! Ich habe mir solche Sorgen um dich gemacht!«

Vorsichtig hebe ich sie hoch. Meine Freundin kann sich kaum noch rühren, so wenig Kraft hat sie. Einfach schrecklich.

»Marinette ...«, flüstert sie mir zu.

Sie so geschwächt zu sehen, bricht mir das Herz. Mein Entschluss steht fest! Die Superschurkin kann warten. Manchmal muss man sich im Leben entscheiden.

»Es geht dir noch schlechter, als ich dachte. Wir müssen sofort zu deinem Heiler.«

»Wir haben keine Zeit dafür«, erwidert sie hüstelnd. »Du musst dich verwandeln. Ich werde das schon schaffen.«

Tikki zittert wie Espenlaub. Und das ist nur passiert, weil ich Angst davor hatte, zu spät zum Unterricht zu kommen! Und was habe ich jetzt davon? Ich habe meine Freundin im Stich gelassen. Das wird mir nicht noch einmal passieren!

»Nein, Tikki. Ich mache nicht zweimal den gleichen Fehler. Wir gehen jetzt sofort zu dem Heiler. Schnell, sag mir, wie ich hinkomme!«

Die Praxis des berühmten Heilers ist etwas seltsam … wie auch der Besitzer! Der alte Mann lässt einen Gong ertönen, während

Tikki auf einem Kissen liegt. Sie scheint nicht einmal mehr die Augen offen halten zu können …

Ich habe noch nie gesehen, dass ein Arzt einen Kranken mit einem Musikinstrument untersucht. Normalerweise nimmt man eher ein Stethoskop dafür, oder?

»Sie wird doch wieder gesund?«, frage ich ihn besorgt.

Ich hoffe, dass dieser merkwürdige Arzt

meiner Freundin wirklich helfen kann – auch wenn ich seine Methoden nicht so ganz durchschauen kann.

»Wer vor Ungeduld brennt, sollte keine heiße Suppe essen«, antwortet er geheimnisvoll.

Was hat Suppe denn damit zu tun?

»Wie meinen Sie das, Meister?«, frage ich mich und kratze mich ratlos am Kopf.

»Ruhe bitte«, befiehlt er mir. »Ich muss mich jetzt auf ihre Energien konzentrieren.«

Mit diesen Worten legt er seine Hände über Tikki.

»Welche Katzenart ist das?«, fragt er mich plötzlich.

Oh-oh – Megapanik! Ich wusste doch, dass er mir Fragen stellen würde. Mein Verstand sucht fieberhaft nach einer Antwort. Als Erstes kommt mir Prinz Ali in den Sinn.

»Katze? Ähm ... Das ist eine haarlose Katze, eine seltene Rasse des Königreichs Atschu. Ich habe sie beim Stepptanzwettbewerb des Zoos gewonnen, als ich in, äh, Atschu war.«

Warum fallen mir nur völlig hirnrissige Ausreden ein? Ich kann mir nicht einmal selbst glauben. Aber der Heiler scheint sie mir abzunehmen. Puuh!

»Aha, sehr ungewöhnlich«, murmelt er.

»Ja, da haben Sie recht«, sage ich und lache erleichtert auf.

Er schlägt ein letztes Mal den Gong.

»Wir sind fertig. Ihre Katze ist wieder gesund«, informiert er mich.

Verblüfft beuge ich mich über Tikki. Meine Freundin erwacht! Und ihr scheint es wirklich wieder richtig gut zu gehen. Ich bin superglücklich!

»Oh, danke! Vielen herzlichen Dank! Sie sind ein wahrer Magier, Monsieur!«

Und alles nur mit einem Gong! Nicht zu fassen! Im Gehen drehe ich mich noch einmal zu dem Heiler um.

»Wie haben Sie das gemacht?«

»Ein altes chinesisches Geheimnis«, antwortet er.

Im Grunde ist es ja auch egal. Es zählt nur, dass es Tikki wieder gut geht. Draußen mache ich mich mit ihr auf den Weg zur Seine. Ich muss mich unbedingt bei ihr entschuldigen. Ich habe mich diesmal wirklich egoistisch verhalten.

»Tikki, es tut mir schrecklich leid. Du warst krank, und äh … ich wüsste nicht, was ich ohne dich tun sollte.«

Auf meiner Handfläche legt sie sich entspannt zurück und schlägt frech grinsend die Beine übereinander.

»Du könntest nicht Ladybug sein.«

»Ich weiß … Aber Tikki, du bist für mich mehr als nur ein Kwami.«

Das stimmt – für mich ist sie eine richtige Freundin! Lachend fliegt sie hoch zu meinem Gesicht und kuschelt sich an meine Wange.

Plötzlich fällt ihr etwas ein!

»Ich weiß. Oh – wir müssen zum Pont des Arts! Dort wollen sie hin, das habe ich im Auto gehört. Schnell, Marinette, wir haben keine Zeit zu verlieren.«

Ich glaube, ich war noch nie so glücklich, mich zu verwandeln …

5

Alle Mann auf die Brücke!

In zwei, drei Sätzen habe ich den Pont des Arts auch schon erreicht. Ach, tut das gut, wieder Superkräfte zu haben. Vor allem, wenn ich eine Superschurkin besiegen muss.

Bei meiner Ankunft stelle ich als Erstes fest, dass meine schlimmsten Befürchtungen eingetreten sind. Nicht nur Chloé, ihr Vater, der Prinz und seine Gouvernante sind von dem bösen Zauberduft verhext, auch Cat Noir hat's erwischt!

Und als Nächstes sehe ich, dass Princess Fragrance ihren Bund mit dem Prinzen dadurch besiegeln will, dass sie gemeinsam ein verzaubertes Vorhängeschloss am Brückengeländer anbringen.

Das muss ich unbedingt verhindern!

»Nicht so schnell, ihr zwei Königskinder!«, unterbreche ich sie, hoch oben von einer Straßenlaterne.

Ich schleudere mein Jo-Jo nach dem Vorhängeschloss und es fällt in weitem Bogen in die Seine. Adieu!

Das gefällt der unglückseligen Braut natürlich gar nicht. Sie richtet den Zerstäuber auf mich, doch gegen eine gute alte Wäscheklammer auf der Nase kann der Zauberduft nichts ausrichten!

Wütend deutet sie auf mich: »Diener, ergreift sie! Ich will ihre Ohrringe!«

Der Befehl dazu kommt bestimmt direkt von Hawk Moth, der unbedingt die Miraculous haben will! Princess Fragrance verschwindet mit dem Prinzen in die Lüfte und überlässt ihren verhexten Anhängern die Arbeit.

Als Erste stürmt Chloé auf mich los, aber ich weiche aus und sie knallt voll gegen die Straßenlaterne. Eine weniger! Mit Cat Noir wird das nicht so einfach. Einmal kann ich ihn abwehren, und mir bleibt ein wenig Zeit, mich um den Bürgermeister und die Gouvernante zu kümmern.

Wieder bewährt sich mein Jo-Jo – ich hake es oben an der Laterne ein, schwinge im Bogen um sie herum und kann die beiden mit der gespannten Schnur wegschleudern. Nummer zwei und drei sind erledigt!

Nur Cat Noir ist zäh – mit seinem Kampfstab stürmt er auf mich zu.

Mit einem gewaltigen Salto bringe ich mich in Sicherheit.

»Ich bin's doch, Ladybug«, rufe ich ihm zu.

Ich will ihm nicht wehtun. Doch was bekomme ich zur Antwort? Ein geträllertes Liedchen! »Gib mir dein Miraculous!«

Hält er sich jetzt auch für einen Startenor? Obwohl ich gar nicht will, muss ich wohl gegen meinen sonstigen Mitstreiter antreten. Ich verpasse ihm einen Schlag – nicht allzu heftig – und er wird nach hinten geschleudert. Aber so wie ich ihn kenne, wird er nicht so leicht aufgeben. Das wird ein harter Kampf!

Als Cat Noir gerade wieder aufsteht, verdunkelt plötzlich eine riesige rosa Wolke den Himmel über Paris!

Princess Fragrance hat anscheinend beschlossen, eine größere Nummer durchzuziehen. Sie will die ganze Stadt verhexen.

Oh-oh! Ich muss dringend was unternehmen, bevor die Situation zu explosiv wird … Da fällt mir etwas ein … Der Chemieunter-

richt! Aber wie soll ich eine chemische Reaktion von solchen Ausmaßen auslösen? Da bräuchte ich schon einen gewaltigen Bunsenbrenner.

Während ich noch verzweifelt nach einer Lösung suche, fällt mein Blick plötzlich auf ein Schiff voller Feuerwerksraketen!

Oh – das ist es!

Ich klettere wieder auf die Laterne und

reize Cat Noir, der versucht, mich mit seinem Stab zu erwischen.

»Du kriegst mich nicht! Daneben!«

Ich weiß, dass er es gar nicht komisch findet, wenn man sich über ihn lustig macht. Und wie ich es mir gedacht habe – schließlich hat er diesen Trick schon bei Princess Fragrance eingesetzt –, fährt er seinen Kampfstab mit dem Teleskoparm aus, um mich weit weg zu schleudern – genau auf das Schiff!

Ich packe das andere Ende des Stabs, benutze das Brückengeländer als Hebelstützpunkt und – hoppla! Schon landet Cat Noir neben mir auf dem Schiff.

Perfekt!

»Willkommen an Bord!«, empfange ich ihn spöttisch!

»Gib mir dein Miraculous!«, schmettert er wieder.

Immer dieselbe Leier – das nervt! Gleich

darauf beschwört er – immer noch wie ein Möchtegerntenor – seine Superkraft.

»Katerklysmus!«

Seine Hand lädt sich mit Energie auf und er stürzt sich auf mich. Nach der Nasenklammer packe ich noch einen alten Trick aus: das ausgestreckte Bein. Manchmal sind die einfachsten Methoden am wirksamsten. Cat Noir purzelt auf das Steuerpult für das Feuerwerk.

Und schon gehen die Raketen hoch! Ein paar Sekunden später gibt es eine große Explosion und die riesige rosa Wolke löst sich auf.

Ich hab's geschafft! Jetzt aber schnell weiter! Ich schnappe mir Cat Noir und werfe ihn in die Seine. Dort ist er in Sicherheit, und vielleicht bringt ihn ja ein kühles Bad wieder zur Besinnung – wer weiß? Ich muss mich jetzt auf jeden Fall um eine gewisse Princess Fragrance kümmern.

Auf einer Dachterrasse finde ich sie und Prinz Ali.

»Diese Stadt ist nichts für uns«, erklärt sie ihrem Prinzen lächelnd. »Hier sind zu viele Leute neidisch auf unsere Liebe. Lass uns ganz weit fortgehen, mein Prinz, einverstanden?«

Ich unterbreche sie:

»Ihr wollt doch nicht schon gehen? Die Party hat doch gerade erst angefangen.« Hm – die Prinzessin kommt mir schon ein

wenig genervt vor. Mit geballten Fäusten wendet sie sich mir zu.

»Du! Du willst meinen Traum zerstören. Doch ich werde dich zerstören!

Auch eine harte Nuss, diese Duftschleuder! Zeit für meine Superkraft.

»Glücksbringer!«

Ich werfe mein Jo-Jo in die Luft. Hunderte

magischer Marienkäfer fliegen heraus und verwandeln sich in einen geheimnisvollen Gegenstand, der in meine Hände fällt ...

Ein Luftballon? Was soll ich denn damit anfangen?

Da fällt mein Blick auf eine Papprröhre von einer abgebrannten Feuerwerksrakete. Ich hab's!

Ich schnappe mir die Röhre. Gut, geschafft! Während die Superschurkin ihren Zerstäuber schwingt, stecke ich schnell den Luftballon in die Röhre. »Du entkommst mir nicht, Ladybug, es ist vorbei«, schnaubt sie.

Das werden wir ja sehen! Ich schleudere die Röhre in ihre Richtung und der Luftballon stülpt sich über die Düse des Zerstäubers. Verblüfft beobachtet meine Gegnerin, wie sich der Ballon mit dem Parfüm füllt. Ich nutze den Überraschungseffekt, schnappe mir ihren Zerstäuber und zerbreche ihn.

Sobald ein Akuma in meinem Jo-Jo gefan-

gen wird, kann er wieder zu dem harmlosen Schmetterling werden, der er einmal war.

»Deine dunklen Zeiten sind vorbei, kleiner Akuma. Gleich musst du nicht mehr böse sein.«

Dann werfe ich den Ballon in die Luft.

»Miraculous Ladybug!«

Und alles wird von den Marienkäfern, in die der Ballon sich zurückverwandelt, wie von Zauberhand wieder in Ordnung gebracht.

Princess Fragrance wird wieder zu Rose. Die ist mir doch tausendmal lieber! Und der Prinz neben ihr scheint auch enthext zu sein!

»Wie bin ich hierhergekommen?«, wundert er sich.

»Oh, Prinz Ali«, ruft Rose begeistert.

Völlig hin und weg geht sie auf ihn zu und hakt sich bei ihm unter. Endlich ist ihr Traum wahr geworden. Der Kronprinz des Königreichs Atschu schaut zu mir hoch.

»Und wer bist du?«, fragt er mich.

Ich kichere los.

»Nicht wichtig. Unterhalten Sie sich schön mit Ihrem größten Fan. Au revoir.«

Das nenne ich doch mal ein gutes Ende. Ganz wie im Märchen. Und ich habe heute wieder etwas gelernt. Es gibt nichts Wichtigeres als Freundschaft.

Nichts.

Und wenn ich mal zu spät zur Schule komme, halb so wild. Dann denke ich mir eben eine Geschichte aus. Ich habe ja schon immer eine blühende Fantasie gehabt ...

ENDE

Rettung für Adrien

Aus dem Französischen von Bernd Stratthaus

1

Ein geheimnisvoller Brief

Heute ist Valentinstag. Anders gesagt die einmalige Gelegenheit, Adrien endlich meine Gefühle zu gestehen. Na ja, wenn mich nicht wieder der Mut verlässt … Jedes Mal, wenn ich mit ihm zu reden versuche, ist es dasselbe – oder genauer gesagt dieselbe Katastrophe. Er sieht mich mit seinen großen Augen an – diesen wundervollen Augen, die mich immer total verunsichern – und ich laufe rot an, zittere und stottere vor mich hin. Kurzum, ich mache mich lächerlich. Und statt ihn etwa ins Kino einzuladen, frage ich ihn dann doch nur, ob er mir einen läppischen Stift leihen kann …

Wie jämmerlich!

Das Ergebnis: MEIN Adrien weiß noch immer nicht, dass ich ihn von ganzem Herzen liebe. Dabei sollte ich angesichts der Meute an Mädchen, die ihm nachlaufen, besser handeln. Und zwar schnell!

Pff … Das sagt sich so leicht!

Doch wenn ich nicht endlich etwas unternehme, könnte der schlimmste Fall eintreten: Adrien könnte sich in diese schreckliche Chloé verlieben. Was für ein Albtraum! Ich weigere mich, darüber auch nur eine Sekunde lang nachzudenken.

Im Unterricht lausche ich unserer Französischlehrerin aufmerksam. Sie erzählt uns etwas über Märchen, das trifft sich gut!

»In den meisten Geschichten bricht der Prinz den Fluch, indem er die Prinzessin küsst«, erklärt sie. »Wer kann mir sagen, warum das so ist?«

Ich lasse meiner Fantasie freien Lauf. Ich kann es vor meinem geistigen Auge sehen: Märchenprinz Adrien liegt wegen der bösen Hexe Chloé in einem ewigen Schlummer. Und ich, die tapfere Ritterin Marinette, eile dem Erwählten meines Herzens auf meinem stolzen Hengst zu Hilfe. Und wenn die finstere Chloé mir ihren Drachen Sabrina entgegenschickt? Kein Problem, dann zücke ich mein Jo-Jo!

Während ich so mit weit geöffneten Augen vor mich hinträume, meldet Rose sich eifrig. Das ist nichts Besonderes, denn sie ist DIE Spezialistin für Märchen.

»Weil nur die Liebe den Hass besiegen kann ...«, antwortet sie mit einer Stimme, die vor lauter Gefühl zittert.

»Ganz genau!«, lobt sie die Lehrerin.

Doch Max – seinerseits der Experte für Statistik – kann es sich nicht verkneifen, ungefragt noch seinen Senf dazuzugeben.

»Wenn man die Zahlen betrachtet, Madame, trifft diese Überlegung nur bei 87 % aller Märchen zu, und ...«

Vielleicht beherrscht er auch einfach nur die Kunst, die Stimmung zu verderben. Ich schwöre euch, er ist einer, der wirklich gar nichts von Liebe versteht! Zahlen taugen für Mathe, aber nicht für Gefühle.

»Danke für diese Ergänzungen, Max!«, unterbricht ihn unsere Lehrerin.

Da ich direkt hinter Adrien sitze, habe ich das unglaubliche Glück, den ganzen Tag seinen Nacken bewundern zu können. Na gut, es stimmt schon, die meiste Zeit nimmt er nicht einmal Notiz davon, dass ich überhaupt da bin … Aber ich sehe ihn! Im Übrigen frage ich mich, was er da wohl gerade auf sein Blatt schreibt. Jedenfalls wirkt es sehr wichtig. Er seufzt ununterbrochen, als wäre er unsicher. Man könnte ihn für mich halten, wenn ich versuche, ihm meine Gefühle zu gestehen …

Erstens: Heute ist Valentinstag.

Zweitens: Adrien schreibt etwas, was ihn unruhig macht.

Man muss wirklich nicht Sherlock Holmes sein, um zu kapieren, dass es sich dabei um eine Liebeserklärung handelt!

Ich muss unbedingt herausfinden, an wen er da schreibt. Das ist eine lebenswichtige Frage! Ich lehne mich in alle Richtungen, um einen Blick auf seinen Brief zu werfen, doch vergeblich.

Auch die Lehrerin bemerkt, dass er abgelenkt ist. Also stellt sie sich neben ihn.

»Adrien, ich hoffe, was du da aufschreibst, hat etwas mit dem Unterricht zu tun. Könntest du bitte wiederholen, was ich gerade gesagt habe?«

Mein Herz beginnt zu rasen. Der arme Adrien! Wie soll er sich da nur herauswinden? Er blickt auf – mit diesen überirdisch schönen Augen, die ich schon erwähnt habe.

»Normalerweise bricht der Prinz den Fluch, indem er die Prinzessin küsst, denn nur die Liebe kann den Hass besiegen«, erwidert er ruhig.

Habe ich euch denn schon erzählt, wie perfekt er ist? Ich seufze erleichtert auf.

»Genau«, bestätigt die Lehrerin, während das Pausenklingeln ertönt. »Vergesst nicht, zur nächsten Stunde *Dornröschen* fertig zu lesen. Und euch allen einen schönen Valentinstag!«

Während alle sich beeilen, aus dem Klassenzimmer zu kommen, bleibt Adrien vor seinem Brief sitzen. Er wirkt unzufrieden. Mit den Fingerspitzen trommelt er auf sein Pult. Ich muss unbedingt wissen, was in dem Brief steht!

»Geh schon mal vor, Alya«, sage ich zu meiner besten Freundin. »Ich komme gleich nach.«

Sie nickt und geht dann los. Die Bahn ist frei, um meine Tagesaufgabe zu erfüllen: herauszufinden, an wen Adrien da schreibt. Ich versuche, ihm über die Schulter zu schauen. Doch es ist unmöglich, irgendetwas zu erkennen!

Kurz darauf zerknüllt er sein Blatt Papier,

steht auf und wirft es weg. Es gibt nur eine Lösung: Ich muss mich unter meinem Pult verstecken! Ich warte, bis Adrien fort ist, dann stürze ich mich auf den Papierkorb. Während ich mir die Papierkugel schnappe, tauchen Chloé und Sabrina hinter mir auf. Ich habe sie gar nicht kommen hören. Panisch verstecke ich das Blatt hinter meinem Rücken.

»Na, Marinette, suchst du nach was zu essen?«, zieht Chloé mich auf.

»Vielleicht hofft sie auch, da drin neue Klamotten zu finden!«, lästert ihre Helfershelferin, dann verlassen sie das Klassenzimmer.

Ich schwöre euch, die beiden gehen mir manchmal echt auf die Nerven! Die werden schon sehen, eines Tages werde ich eine berühmte Modedesignerin. Dann schlagen sie sich gegenseitig die Köpfe ein, um eine meiner Kreationen tragen zu dürfen. In der

Zwischenzeit muss ich sie hier in der Schule ertragen. Und das ist nicht immer ganz einfach …

Tikki streckt das Köpfchen aus meiner Tasche hervor. Sie ist mein treuer Kwami und passt die ganze Zeit über auf mich auf wie eine Freundin.

»Beachte sie gar nicht!«, rät sie mir. »Das verdienen sie nicht.«

»Du hast recht.«

Jedenfalls gibt es im Moment Wichtigeres. Ich lese Adriens Brief laut vor.

»Dein Haar ist pechschwarz, deine Augen himmelblau. Wer bist du, wenn ich hinter die geheimnisvolle Maske schau …? Tagtäglich sehe ich dich und wünsche mir, dass du mir ein Zeichen gibst. Ich werde dich immer lieben. Möchtest du am Valentinstag mit mir ausgehen?«

»Wow!«, ruft Tikki. »Das ist ja ein Liebesgedicht!«

»Aber von wem kann er da nur reden?«, frage ich mich ratlos. »Pechschwarzes Haar, himmelblaue Augen …«

»Na, von dir!«, entgegnet mein Kwami.

Lächerlich! Ich pruste laut los.

»Von mir?! Aber nein! Schwarzes Haar und blaue Augen haben doch auch ganz viele andere Mädchen.«

Immerhin bin ich jetzt beruhigt: Mit ihrem platinblonden Haar kommt Chloé nicht weiter infrage. Aber um wen geht es dann? Vielleicht um ein Topmodel, das mit ihm zusammenarbeitet? Oder um eine Meisterfechterin? Das würde jedenfalls diese seltsame Geschichte mit der Maske erklären …

Ich zerbreche mir den Kopf.

»Was will er denn deiner Meinung nach mit der ›geheimnisvollen Maske‹ sagen?«, frage ich Tikki.

Meine Freundin seufzt verzweifelt.

»Das ist Poesie!«, erklärt sie mir. »Es bedeutet, dass er herausfinden möchte, wer du im Inneren bist. Er möchte dich wirklich kennenlernen. Ich bin mir ganz sicher, dass er von dir redet!«

Das ist ja ein Ding! Ich kann es gar nicht glauben … und mache vor Freude einen Luftsprung.

»Kneif mich mal, ich träume doch!«

Plötzlich stecke ich mitten in meinem eigenen Märchen! Jetzt muss ich nur noch unter vier Augen mit Adrien sprechen.

Leichter gesagt als getan …

2

Mission Valentinstag

Ich kann es noch immer nicht fassen: Adrien hat mir zum Valentinstag ein Gedicht geschrieben! Mir, Marinette!

Mich plagen dabei nur zwei winzige Sorgen. Erstens: Eigentlich sollte ich es gar nicht gelesen haben, denn es lag zusammengeknüllt ganz unten in einem Papierkorb. Zweitens: Das Blatt ist ganz zerknittert.

Egal, ich trage es trotzdem bis ans Ende meiner Tage direkt an meinem Herzen!

Als ich auf einer rosaroten Wolke schwebend das Schulgebäude verlasse, nimmt mich Alya bei der Hand und zieht mich zu Max und Kim, einem großen, kräftigen Kerl, der Sport über alles liebt. Als handelte es sich dabei um einen Schatz, hält er ein kleines herzförmiges Kästchen in der Hand.

Wenn ihr mich fragt, liegt Liebe in der Luft … Aber na ja, eifersüchtig bin ich nicht, denn nichts ist besser als das wunderschöne Gedicht, das Adrien für mich geschrieben hat. GAR NICHTS! Man könnte mir dafür einen Berg aus Diamanten anbieten, ich würde ihn nicht nehmen.

»Sag mal, das funkelt aber!«, begeistert sich Alya vor dem prächtigen Schmuckstück in dem Kästchen. »Ist das für mich?«

»Negativ«, teilt Max ihr mit. »Die Empfängerin dieser Brosche ist bereits bestimmt, es handelt sich um …«

Erschrocken drückt Kim seinem Freund die Hand auf den Mund.

»Psst!«, weist er ihn an. »Die Wände haben Ohren.«

Schade, ich persönlich hätte gern herausgefunden, wer die Glückliche ist. Das ist so romantisch … Oh, jetzt, wo ich daran denke! Adrien hat sein Gedicht vielleicht deshalb weggeworfen, weil er sich entschieden hat, mir etwas anderes zu schenken. Einen Ring zum Beispiel? Er wird mir einen Heiratsantrag machen! Ich kann ihn mir schon vorstellen, wie er auf ein Knie niedersinkt, mir sein Geschenk entgegenstreckt und mit glänzenden Augen murmelt: »Marinette, willst du mich heiraten?«

»Die Brosche ist wirklich total schön!«, erkläre ich verträumt. »Die wird ihr bestimmt super gefallen!«

»Ähm … sie muss sie erst mal noch annehmen«, wirft Kim besorgt ein. »Und wenn sie nicht will?«

Bei diesen Worten sieht er völlig verschreckt aus. SOS, zu Hilfe, Marinette! Jetzt, wo ich weiß, dass Adrien Gefühle für mich hat, kommt es mir vor, als würden mir Flügel wachsen.

»Sie wird sie lieben, mach dir keine Sorgen!«, beruhige ich Kim mit überschwänglicher Begeisterung. »Hab keine Angst! Mach schon, trau dich! Auf keinen Fall darfst du deine Entscheidung bereuen!«

Ich bin wohl sehr überzeugend. Auch Kim wirkt inzwischen schon viel selbstsicherer.

»Okay, Operation Valentinstag wird gestartet!«, ruft er.

Max, der Meister der Organisation, hat

schon alles vorbereitet. Inklusive einer Karte von Paris, auf der er mit gelbem Stift den Weg eingezeichnet hat, den das Mädchen jeden Tag nimmt, und mit rotem Stift den Weg, den Kim nun nehmen soll. Mit einem so sorgsam ausgearbeiteten Plan – und meinen ermunternden Worten – wird ihm seine Liebste schon bald in den Armen liegen. Da bin ich mir absolut sicher!

»Wenn du mit 16 km/h läufst, hast du anderthalb Minuten Vorsprung auf sie«, erklärt Max seinem Freund. »Ihr trefft dann auf dem Pont des Arts aufeinander. Das ist der drittromantischste Ort in ganz Paris. Mach schon, *go*!«

Kim sprintet los.

»Danke, Marinette!«, ruft er mir noch zu, bevor er um die Straßenecke verschwindet.

Ich hoffe, dass alles gut für ihn laufen wird.

Einige Meter von uns entfernt steigt Adrien in das Auto, das ihm von seinem Vater bereitgestellt wird. Der Chauffeur – der mit seinem King-Kong-Körperbau ziemlich furchteinflößend aussieht – schließt die Tür hinter ihm. Und mein Traumprinz entschwindet in weite Ferne …

Alya hat die ganze Szene mit angesehen und wendet sich nun zu mir um.

»Ich kenne da jemanden, der ganz freigebig Ratschläge verteilt, sie aber selbst nicht befolgt.«

Da hat sie nicht ganz unrecht. Es ist ziemlich leicht, anderen zu sagen, was sie machen sollen.

»Du hast recht …«, antworte ich ihr deshalb. »Es wird Zeit, dass ich Adrien alles gestehe.«

Das ist es, meine Entscheidung steht fest!

»Meinst du das etwa ernst?!«, staunt meine beste Freundin.

»Ja, ich schwör's dir! Ich sage ihm, was ich

für ihn empfinde … Na ja, oder ich schreib ihm eine Karte.«

Operation Valentinstag geht in die nächste Phase!

Zu Hause angekommen, hole ich gleich ein Blatt Papier und einen Stift hervor. Ich schreibe die ersten beiden Wörter: »Lieber Adrien.« Danach wird es kompliziert. Und dabei dachte ich, dass alles einfacher wäre, wenn ich nicht ihr wisst schon wen vor mir hätte … Nun ja, da habe ich mir wohl was vorgemacht!

Das »Lieber Adrien« streiche ich gleich wieder durch, denn es hört sich total lahm an. Stimmt doch, oder? Es klingt, als würde ich mich an einen alten entfernten Verwandten wenden!

»Argh, Liebesbriefe sind überhaupt nicht

mein Ding!«, jammere ich und lasse den Kopf auf die Schreibtischplatte sinken. »Ich schreibe wie ein unbeholfener Debilosaurus!«

Tikki fängt an, über meinem Kopf herumzuschwirren. »Du bist wirklich die Einzige, die Ausdrücke wie ›Debilosaurus‹ verwendet!«, lacht sie.

Statt einer Antwort sacke ich auf meinem Stuhl noch ein bisschen mehr in mich zusammen. Ach, stimmt schon, Wörter erfinden, das kann ich! Aber ansonsten …

»Entspann dich, Marinette!«, flüstert Tikki mir zu. »Ich mach doch nur Spaß. Denk einfach ganz stark an ihn und lass dann dein Herz sprechen.«

Unvermittelt fällt mein Blick auf Adriens Brief, den ich an die Wand gepinnt habe. Und auf einmal wird alles ganz klar. Ich werde auf sein Gedicht mit … einem Gedicht antworten!

Als Alya dann mit einer hübschen rosa Karte bei mir vorbeikommt, bin ich überglücklich. Sie ist einfach perfekt! Ich mache mich ans Schreiben, und die Worte purzeln wie von allein aus meinem Herzen direkt aufs Papier – ich habe wirklich den Eindruck, dass ich mich langsam zu einer Dichterin entwickle.

»Fertig!«, rufe ich stolz, als ich den letzten Punkt daruntersetze.

Alya späht mir über die Schulter und scheint ebenfalls zufrieden zu sein. Wenn ich ehrlich bin, ist es nicht das erste Mal, dass ich versuche, mit Adrien zu sprechen. Ganz im Gegenteil.

»Vergiss nicht zu unterschreiben«, erinnert sie mich.

In diesem Moment setzt sich ein Marienkäfer auf die Karte. Wenn es nach Alya

geht, ist das ein gutes Zeichen. Vorausgesetzt, Adrien mag mein Gedicht.

In seinem Zimmer starrt Adrien gebannt auf den Lady-Blog, den Blog, auf dem Alya Ladybugs sämtliche Missionen dokumentiert. Das und nichts anderes macht er nun schon seit Stunden … auf allen seinen vier Computerbildschirmen!

»Na und?!«, ärgert sich Plagg. »Sie hat zwei Augen, zwei Arme und zwei Beine wie alle anderen auch, oder? Wie kannst du nur in sie verliebt sein? Du weißt nicht mal, wer sie in Wirklichkeit ist.«

»Von Liebe verstehst du nichts«, entgegnet Adrien.

»Von wegen«, empört sich sein Kwami.

»Ich liebe Ziegenkäse ein bisschen, Bergkäse sehr und Camembert ist für mich das Allerschönste!«

Adrien seufzt. Wie sollte Plagg ihn auch verstehen? Die einzige Liebe in dessen Leben ist Käse!

Der Junge steht auf und sieht aus dem Fenster. Dabei denkt er an seine Lady … Eigentlich wollte er ihr ein Gedicht schicken, aber letztendlich hat er sich das doch noch

einmal anders überlegt. Er will ihr lieber direkt ins Gesicht sehen, wenn er ihr sagt, wie viel sie ihm bedeutet. Dafür braucht es nur ein paar Wörter: »Ich liebe dich.«

Einfach.

Jedenfalls theoretisch …

Zur selben Zeit nähert sich Kim auf dem Pont des Arts dem Mädchen seiner Träume: Chloé.

»Darf ich vielleicht erfahren, was du hier treibst?«, fragt sie kühl, als er vor ihr stehen bleibt.

Da gerät er in Panik! Der arme Junge fängt an zu stammeln.

»Nun … ich …«

»Nun … du …«, äfft Chloé ihn nach.

Doch Kim hört nur auf sein Herz und kniet sich vor sie hin … direkt in eine Pfütze! Ach, egal, wenn er ein bisschen nass wird. Jetzt ist der Moment gekommen. Er streckt ihr das Schmuckkästchen entgegen.

»Möchtest du am Valentinstag mit mir ausgehen?«, flüstert er ihr zu.

Was nun folgt, könnte genauso gut aus einem Horrorfilm stammen. Ein Radfahrer fährt direkt neben ihm vorbei, sodass er einen ordentlichen Schwall Spritzwasser abbekommt. Kim hat kaum Gelegenheit, sich abzutrocknen, da weht ihm der Wind eine alte Verpackung aufs Gesicht, wo sie kleben bleibt. Die gnadenlose Chloé macht sofort ein Foto davon – was für ein jämmerliches Bild er doch abgibt! – und schickt es an die ganze Klasse. Und zur Krönung verkündet sie ihm dann noch, dass sie in einen viel interessanteren Jungen als ihn verliebt

ist, und setzt dann ihren Heimweg fort, als wäre gar nichts passiert …

Das nennt man dann wohl in den Wind geschossen werden. Und dieser Wind bläst sehr schmerzhaft.

Kim bleibt allein auf der Brücke zurück und bricht in Tränen aus. Sein schöner Traum hat sich in Luft aufgelöst.

Ganz anders als der böse Akuma, den Hawk Moth ihm geschickt hat und der nun geradewegs auf ihn zufliegt.

Bye-bye, freundlicher Kim … Und Platz da für Dark Cupid. Zwei Flügel, ein Bogen, Pfeile und sehr viel Zorn!

Achtung, Paris! Heute werden noch reihenweise Herzen gebrochen …

3

Superschurke in Sicht!

Letzte Etappe der Operation Valentinstag: meine Karte verschicken. Alya und ich verlassen – mit zwei herzförmigen Liebesäpfeln, die Papa uns geschenkt hat – das Haus und gehen schnurstracks zum nächsten Briefkasten. Dort zögere ich. Und falls Adrien mein Gedicht nun doch nicht mag?

Wenn er es lächerlich, platt oder ganz einfach uninteressant findet? Und wenn Tikki sich getäuscht und er eigentlich an ein anderes Mädchen geschrieben hat? Das wäre furchtbar! Ich könnte ihm nie mehr unter die Augen treten. Und das fällt mir ja jetzt schon schwer …

»Los, Marinette«, ermuntert Alya mich, »mach schon, bevor du noch den Mut verlierst!«

Sie hat recht. Ich halte ihr meinen Liebesapfel hin und stecke den Brief durch den Schlitz. Mission erfolgreich beendet! Ebenso zufrieden wie ich stößt Alya laute Freudenschreie aus. Morgen kommt meine Karte dann bei Adrien an. Er wird so glücklich darüber sein, dass er mir sofort in die Arme fällt. Und das ist dann der Anfang einer langen und schönen Liebesgeschichte …

Ich kann es gar nicht mehr abwarten!

Während ich mich gemeinsam mit Alya

noch freue, bekommen wir eine Nachricht von Chloé. Es ist das erste Mal, dass sie uns schreibt! Bestimmt nur aus Versehen.

Ich werfe einen Blick auf mein Telefon und sehe ein Foto von Kim. Er sitzt in einer Pfütze, sein Schmuckkästchen hat er noch in der Hand und eine leere Chipstüte klebt ihm an der Wange … Ich habe riesiges Mitleid mit ihm.

»Ach, was für eine fiese Kuh«, ruft Alya.

»Du nimmst mir die Worte aus dem Mund. Ich kann gar nicht fassen, dass ich Kim geraten habe, ihr seine Liebe zu gestehen! Er wird jetzt bestimmt böse auf mich sein. Hätte ich allerdings gewusst, dass er ausgerechnet in Chloé verliebt ist, hätte ich ihm gleich gesagt, dass er die Finger von ihr lassen soll.«

»Jedenfalls hoffe ich nicht, dass Adrien wie sie reagiert!«, fährt meine Freundin fort.

In meinem Kopf überschlagen sich die

Gedanken! Was habe ich nur gemacht?! Ich stürze mich auf den Briefkasten und fange an, ihn zu schütteln, um ihn irgendwie zu öffnen. Natürlich bewegt er sich keinen Millimeter. Ich muss also einfach hier stehen bleiben, bis der Briefträger kommt, um die Post abzuholen. Gleich bei seiner Ankunft werde ich mir meine Karte schnappen und sie *umgehend* in der Seine versenken ...

»Aber nein, das war doch nur ein Witz!«, lacht Alya auf, als sie mich in Panik geraten sieht. »Adrien würde so was nie machen.«

In diesem Augenblick erscheint ein komischer Vogel am Himmel. Ein Vogel von der Sorte, die ich nur allzu gut kenne: die der Superschurken! Er betrachtet die Liebesäpfel in Alyas Hand.

»Alle Herzen müssen gebrochen werden!«, brüllt er wütend.

Oh nein, nun schießt er auch noch einen Pfeil auf meine Freundin ab! Als er sie trifft,

zerplatzt das Geschoss in einer Rauchwolke. Uff, anscheinend ist sie nicht verletzt! Aber ich bin trotzdem beunruhigt … Hawk Moth ist zu allem bereit, um an unsere Miraculous zu kommen, und seine Akumas sind nicht zu unterschätzen.

»Alya, geht's dir gut?«

Zu meiner Verblüffung stößt sie mich heftig von sich und presst mir dann die beiden Liebesäpfel gegen die Brust. Was geht hier vor sich?

»Was ist mit dir los?«, frage ich sie fassungslos.

Als sie den Kopf hebt, hat sie ganz schwarze Lippen und ihre Augen funkeln böse. Das ist wirklich gar kein gutes Zeichen!

»Du bist nie meine beste Freundin gewesen!«, schleudert sie mir in eiskaltem Ton entgegen. »Du bist einfach zu erbärmlich, und ich bin mir sicher, dass Adrien vor Lachen zusammenbricht, wenn er dein bescheuertes Gedicht liest!«

Nach diesen Worten läuft sie mit einem bösartigen Kichern davon. Es ist schrecklich, man könnte meinen, sie hasst mich!

Ich sehe zu dem Herzensbrecher auf, der damit fortfährt, die Passanten mit seinen Pfeilen zu beschießen. Am Riemen seines Köchers fällt mir ein Schmuckstück auf, das ich schon einmal irgendwo gesehen habe …

Es ist Kims Brosche! Oh nein, er ist akumatisiert worden! Und das Schlimmste ist, dass ich nicht ganz unschuldig daran bin.

Was hat mich nur geritten, mich als Beraterin in Liebesdingen aufzuspielen?! Allerdings wäre nichts von alldem passiert, wenn Chloé nicht so gemein zu Kim gewesen wäre.

Der rachsüchtige Vogel zischt durch die Luft, dann verschwindet er. Ich muss ihn wiederfinden, und zwar schnell!

Ich flitze in den Park und verstecke mich hinter einer Bank.

»Tikki, verwandle mich!«

Auf dieses Zeichen hin verschmilzt mein Kwami mit meinen magischen Ohrringen und ich werde zu Ladybug.

Ich rase von Dach zu Dach: mit Salti, Pirouetten und Riesensprüngen über die Straßen ... und finde schließlich den Superschurken wieder. Er sitzt auf einem Schornstein und hat sich schon ein neues Opfer ausgesucht: Chloé! Mit Sabrina steht sie vor dem Hotel ihres Vaters, des Bürgermeisters von Paris. Ohne eine Sekunde zu verlieren, lenke ich den unheilvollen Pfeil mithilfe meines Jo-Jos ab. Sabrina nutzt die Gelegenheit, um ihre Freundin in das Luxushotel hineinzuziehen.

»Hör auf, Kim!«, rufe ich ihm von einem anderen Schornstein aus zu.

»Ich bin nicht Kim ...«, entgegnet er. »Ich

heiße Dark Cupid. Und nichts kann mich stoppen! Wenn ich kein Glück in der Liebe haben darf, dann auch sonst niemand!«

Ich versuche, ihn zu besänftigen.

»Okay, Dark Cupid, das verstehe ich. Was Chloé mit dir gemacht hat, ist wirklich nicht in Ordnung gewesen, aber es ist noch lange kein Grund, ganz Paris dafür büßen zu lassen.

»Doch, genau das!«, donnert der große Muskelprotz und schwingt dabei seinen Bogen. »Verabschiede dich von deinen Liebsten, Ladybug, denn gleich wirst du sie verabscheuen!«

Ganz offensichtlich braucht es mehr als ein paar freundliche Worte, um ihn zu beruhigen …

Mit einem kleinen Wurf meines magischen Jo-Jos zerstöre ich den Pfeil, den er auf mich abschießt. Das Problem ist, dass ihm noch eine ganze Reihe weiterer folgen! Links, rechts, ich springe in alle Richtungen, um ihnen auszuweichen. Ich versuche mich zu wehren, doch die Dächer sind furchtbar rutschig und Dark Cupid ist superschnell. Während er mich verfolgt, lasse ich mein Jo-Jo in einer Riesengeschwindigkeit über meinem Kopf kreisen, um so einen Schild gegen die Pfeile zu bilden.

Auf meiner wahnsinnigen Flucht rutsche ich auf einem der Dächer aus. Glücklicherweise kann ich mich an einer Regenrinne festhalten, und zwar wieder dank meines kostbaren Jo-Jos. Ich frage mich, was ich ohne es nur tun würde! Kopfüber hänge ich wie eine Spinne an ihrem Faden und halte nach dem Unglücksvogel Ausschau. Uff, er sieht mich nicht!

Als er sich von mir entfernt, höre ich eine

Stimme … Es ist Cat Noir! Seinen ausziehbaren Kampfstab hat er seitlich an der Fassade befestigt und sitzt darauf wie auf einer Hühnerstange. Ich weiß nicht, wie er mich gefunden hat, doch unter uns gesagt, bin ich froh, ihn zu sehen.

»Na, du kommst mir gerade recht, Mylady!«, ruft er mir in charmantem Ton zu. »Ich muss mit dir reden.«

Er streckt mir die Hand entgegen und ich kauere mich mehrere Meter über dem Boden neben ihn.

»Das ist jetzt nicht der richtige Zeitpunkt«, erwidere ich. »Dark Cupid ist …«

Ganz sonderbar legt er mir einen Finger auf die Lippen, um mich zum Schweigen zu bringen. Was fällt dem nur ein?

»Psst!«, befiehlt er und schaut mir dann direkt in die Augen. »Ich habe mir geschworen, dir das zu sagen, sobald ich dich das nächste Mal wiedersehe: Ladybug, ich …«

Plötzlich scheint ihm etwas hinter mir aufzufallen.

»Achtung!«, schreit er.

Ich habe keine Zeit zu reagieren. Cat Noir schließt mich in die Arme und schützt mich mit seinem Körper. Oh nein! Dark Cupids Pfeil trifft ihn mitten auf den Rücken!

»Cat Noir?«, murmele ich entsetzt.

»Ladybug … ich hasse dich von ganzem

Herzen!«, brüllt er. »Du bedeutest mir gar nichts, ich verabscheue dich!«

Als er den Kopf hebt, sind seine Lippen ganz schwarz und in seinem Blick erkenne ich ihn nicht mehr wieder. Unvermittelt drückt er mich an sich, als wollte er mich ersticken!

Erst Alya und jetzt mein Verbündeter … Man könnte meinen, Hawk Moth möchte mir all die Menschen wegnehmen, die mir lieb und teuer sind. Doch das lasse ich nicht zu. Kommt gar nicht infrage!

Ich trete Cat Noir heftig auf den Fuß, sodass er mich loslassen muss, dann rette ich mich eilig ins Hotel hinein, wo auch Chloé sich aufhält …

4

Hass oder … Liebe?

Im Hotel haben sich Chloé und Sabrina hinter einem Tisch verschanzt. Als sie mich entdecken, stehen sie auf.

»Ladybug«, ruft die Tochter des Pariser Bürgermeisters mit einem leicht hochmütigen Gesichtsausdruck. »Beeilt hast du dich ja nicht gerade! Wo hast du denn gesteckt?«

Warum wundert ihre Reaktion mich nicht? Aber auch wenn ich sie nicht mag, ist es trotzdem meine Pflicht, über sie zu wachen und zu verhindern, dass sich der Hass bis in den letzten Winkel der Stadt hinein ausbreitet.

»Du musst von hier verschwinden!«, dränge ich sie. »Dein Freund Kim ist zu Dark Cupid geworden, und ich weiß nicht, was er mit dir anstellt, wenn er dich findet.«

»Mit mir?«, staunt sie. »Aber warum ist dieser Idiot Kim denn ausgerechnet auf mich böse?«

Ich muss wohl träumen … das kann sie doch nicht ernst meinen! Dann legt sie mir einen Arm um die Schultern, als wären wir alte Freundinnen.

»Das ist sicher nur deswegen!«, prahlt sie und zeigt auf ein gerahmtes Poster, das auf dem Gehsteig liegt. Durch ihre überstürzte Flucht hatte sie keine Gelegenheit, es mitzunehmen. »Kim ist wohl eifersüchtig.«

Ich schaue durch die Glastür. Auf dem Poster ist MEIN Adrien zu sehen, wie er für ein Parfüm Modell steht – überwältigend gut aussehend, wie immer. Am unteren Rand steht etwas daraufgeschrieben: »Für Chloé, das tollste Mädchen der Welt und die Liebe meines Lebens. Adrien.«

Hätte ich nicht sein wunderbares Gedicht gelesen – das er nur für mich geschrieben hat, daran möchte ich erinnern –, würde ich vielleicht denken, dass mein schlimmster Albtraum Wirklichkeit geworden ist. Da ich aber Chloé kenne und weiß, dass sie kein pechschwarzes Haar hat, sage ich mir, dass sie selbst wohl hinter all dem stecken muss. Das sähe ihr auch ähnlich …

Jedenfalls habe ich jetzt keine Zeit, mich eingehender damit zu befassen, denn Dark Cupid erscheint in der Hotellobby! Wenn er wirklich geglaubt hat, mich überraschen zu können, ist das aber gewaltig in die Hose gegangen.

Ich schütze Chloé und Sabrina hinter meinem wirbelnden Schild. Dann springe ich blitzschnell über den Superschurken hinweg, schnappe mir Chloé mit meinem Jo-Jo und ziehe sie nach draußen, eingewickelt wie einen Rollbraten.

»Lauf!«, rufe ich und befreie sie von der Schnur.

Während Chloé und Sabrina mit Dark Cupid an ihren Fersen fliehen, baut sich Cat Noir vor mir auf dem Gehweg auf. Der hat mir gerade noch gefehlt!

»Nicht so eilig, Ladybug!«, stoppt er mich in bedrohlichem Tonfall, wobei er sich seinen Kampfstab über die Schulter legt.

»Ich will nicht gegen dich kämpfen, Cat Noir!«, warne ich ihn.

Das Letzte, was ich will, ist, mich mit meinem Verbündeten anzulegen. Es bereitet mir Kummer, dass er mich offenbar verabscheut – auch wenn er dafür nichts kann. Ich bin ja nicht in ihn verliebt. Auf keinen Fall! Im Leben nicht! Aber ich betrachte ihn als … Freund. Wir haben schon so viele gemeinsame Abenteuer bestanden! Da entwickelt man ganz zwangsläufig eine Beziehung zueinander.

Oft frage ich mich, wer er in Wirklichkeit ist. Vielleicht kenne ich ihn ja sogar … Doch eigentlich glaube ich das nicht. Auf meiner Schule gibt es jedenfalls keinen so angeberischen Jungen wie ihn – der noch dazu mit einem so zweifelhaften Humor ausgestattet ist.

»Deine Freundlichkeit ist wirklich unerträglich!«, ärgert er sich.

Ich glaube, ich habe keine andere Wahl … Mit der Waffe in der Hand, springt er auf mich zu. Rasch weiche ich ihm mit einem Satz auf eine Laterne aus, dann schwinge ich mich auf die Dächer. Und dann beginnt eine Verfolgungsjagd! Als ich ausreichend Vorsprung gewonnen habe, drehe ich mich um und winde mein Jo-Jo um seinen Kampfstab.

»Warum bist du nur so voller Hass, Cat Noir?«, frage ich ihn und ziehe mit aller Kraft an der Schnur.

»Weil Hass immer siegt!«, erwidert er.

Siegt nicht eher die Liebe? Unversehens muss ich an die Unterrichtsstunde über die Märchen denken! Was hat die Lehrerin gleich gesagt? Aber ja doch! Das Heilmittel gegen den Fluch ist ein Kuss. Ich muss einfach nur meine Lippen auf Cat Noirs Lippen drücken, dann wird er wieder ganz der alte Schmusekater, der er eigentlich ist.

Während ein Lächeln auf meinem Gesicht erscheint, bricht er seinen Stab entzwei und will mich angreifen.

»Also, genug geredet!«, regt er sich auf. »Kämpf mit mir!«

»Ich mache etwas Besseres ...«, entgegne ich und stecke mein Jo-Jo wieder ein.

Unter seinem panischen Blick gehe ich in aller Seelenruhe auf ihn zu. Misstrauisch weicht er vor mir zurück. Er hält das wohl für eine List.

»Jetzt spiel aber nicht den Schüchternen, Katerchen!«, necke ich ihn. »Komm schon, gib mir einen Kuss!«

Als ich ihn gerade küssen will, haut er ab. Verdammt, fast hätte ich ihn gehabt! Er saust über die Dächer wie eine streunende Katze. Aber ich habe nicht vor, ihn entkommen zu lassen!

»Miez-miez«, rufe ich ihm hinterher.

Dark Cupid ist vollauf zufrieden. Es ist ihm gelungen, Cat Noir auf seine Seite zu ziehen. Vor Kurzem auf dem Dach hat er ihm seine Hilfe dabei angeboten, Ladybug auszuschalten. Als Gegenleistung soll Cat Noir ihm das Miraculous der Superheldin bringen.

Das ist natürlich eine weitere glänzende Idee von Hawk Moth. Während er darauf wartet, dass Cat Noir seinen Teil der Abmachung erfüllt, hat Dark Cupid nur einen einzigen Gedanken: Er will sich an derjenigen rächen, die ihn so verhöhnt hat. Außer Atem läuft Chloé vor ihm davon, während der Superschurke sie verspottet.

»Ha, ha, ha! Du entkommst mir nicht!«, lacht er sie aus der Luft aus.

Kopflos biegt das junge Mädchen in eine Gasse ab, ohne nach vorn zu sehen … und stolpert über eine Reihe von Grünpflanzen. Sie fällt mitten auf den Gehweg zwischen die umgerissenen Blumentöpfe.

»Fröhlichen Valentinstag!«, wünscht ihr bösartig der verschmähte Liebhaber und spannt seinen Bogen. »Jetzt bekommst du endlich, was du verdienst.«

Er hat erwartet, dass Chloé zittern, ihn vielleicht sogar um Gnade anflehen wür-

de. Doch stattdessen rappelt die Blondine sich hoch und ist noch wütender als zuvor. Ihr Haar ist zerzaust, ihre Designerklamotten sind ganz zerknittert … kurzum, die Welt geht unter. Soll er sie doch abschießen, wenn er Lust hat! Inzwischen ist ihr das vollkommen egal. Ihr Leben ist sowieso total im Eimer.

»Du verdienst es nicht, dass ich einen Pfeil an dich verschwende«, überlegt der Superschurke es sich anders. »Alle wissen, dass du kein Herz hast, ich weiß also nicht, wozu das gut wäre.«

Stolz auf seine Äußerung, fliegt er lachend davon. Chloé kann es nicht fassen! Und um allem die Krone aufzusetzen, weigert sich Sabrina – die Dark Cupid ein paar Minuten zuvor erwischt hat –, ihr zu helfen. Und die schlimmste Demütigung von allen: Sie macht ein Foto von ihrer Freundin, wie sie mit schmutzigem Gesicht und zerstörter Frisur am Boden kniet!

Chloé ist sich nicht sicher, ob sie sich jemals wieder davon erholen wird …

5

Zwei Gegner statt einem

Nun folgt die Jagd auf einen Kuss quer durch Paris. Wenn mir jemand irgendwann mal gesagt hätte, dass ich eines Tages Cat Noir würde küssen müssen, um eine Mission zu erfüllen, hätte ich dieser Person niemals geglaubt!

Ich schwöre euch, eine Superheldin zu

sein, verlangt einem manchmal riesige Opfer ab …

Verängstigt versucht sich mein Verbündeter aus dem Staub zu machen, aber ich habe einen beachtlichen Trumpf: mein Jo-Jo. Ein Wurf, und er ist an einen Laternenpfahl gefesselt. Diesmal entkommt er mir nicht!

»Sei ganz beruhigt, Katerchen«, sage ich zu ihm, während ich mein Gesicht dem seinen nähere, »ich habe darauf genauso wenig Lust wie du.«

Ich versuche ihn zu küssen, doch er hört nicht auf herumzuzappeln. Egal. Ich entschließe mich, ihm die Nase zuzuhalten, um ihn zum Stillhalten zu bewegen. Ach, wenn ich doch nur Adrien vor mir hätte, dann wäre alles anders … Nun gut, der Augenblick ist gekommen, und ich nähere meine Lippen den seinen, doch genau in diesem Moment fährt ein schwarzer Pfeil zwischen uns hindurch. Dark Cupid!

Unter einem Hagel von Geschossen suche ich eilig hinter einem Baum Schutz. Cat Noir gesellt sich zu dem Superschurken neben die Fontaine du Palmier, einem beeindruckenden Brunnen, der mit großen Sphinxen geschmückt ist. Die beiden begrüßen sich mit einer knappen verschwörerischen Geste. Das ist ja ein Ding, ich kann's nicht fassen! Wenn sie sich angefreundet haben, wird die Sache um einiges komplizierter …

»Wie willst du gegen uns beide auf einmal kämpfen?«, spielt sich mein Verbündeter auf. Dann hebt er die Hand und ruft: »Katerklysmus!«

Oje! Die Situation verschlimmert sich von Sekunde zu Sekunde! Da er seine zerstörerische Kraft gegen mich einsetzen will, sehe ich nur noch eine Möglichkeit, mich zu verteidigen: Ich muss meine eigene Macht benutzen!

»Glücksbringer!« Ich werfe mein Jo-Jo in die Luft. Hunderte magischer Marienkäfer fliegen heraus und verwandeln sich in einen … Liebesapfel?! Gut, okay, er ist schon sehr hübsch mit seiner Herzform und den schwarzen Punkten, die perfekt zu meinem Outfit passen. Aber das verrät mir noch lange nicht, was ich mit ihm anfangen soll!

Mach schon, denk nach, Ladybug … Als ich den Blick über die Umgebung schweifen lasse, fällt er auf den Brunnen, die behandschuhte Hand von Cat Noir und den Riemen am Köcher von Dark Cupid.

Das ist es, ich hab's!

»Ich habe ein Geschenk zum Valentinstag für euch!«, rufe ich und trete aus meinem Versteck.

Meine beiden Widersacher gehen zum Angriff über. Dark Cupid hebt ab und beschießt mich ununterbrochen. Er scheint überall gleichzeitig zu sein! Ich lasse wieder mein Jo-Jo als Schild kreisen, rechts, links, hinter und vor mir, den Blick stets wachsam. Doch ich habe keine Gelegenheit, auch nur einen Ton zu sagen, da stürzt sich Cat Noir bereits mit ausgestreckten Händen auf mich!

Es gelingt mir gerade noch rechtzeitig, mich zu ducken und ihn am Schwanz zu ziehen. Nach einer kleinen Zwischenlandung auf seinem Kopf katapultiere auch ich mich in den Himmel und werfe den Liebesapfel nach dem Superschurken. Außer

sich vor Wut gelingt es ihm, die Süßigkeit wieder loszuwerden, die seine ganze Maske verklebt hat. Doch als er einen neuen Pfeil auf die Sehne legen will, bleibt er an seinem zuckrigen Handschuh kleben. Es ist ihm unmöglich, ihn abzufeuern!

»Ladybug«, brüllt er zornig.

Das sollte ihn ein Weilchen beschäftigen. Dann kümmere ich mich nun um Cat Noir!

»Jetzt sind nur noch wir beide übrig, Katerchen!«, fordere ich ihn von meinem Platz oben auf dem Brunnen heraus. Als er sich auf mich stürzt, springe ich von Sphinx zu Sphinx. Doch Cat Noir erwischt mich irgendwann und presst mich zu Boden.

Währenddessen versucht Dark Cupid verzweifelt, seinen Handschuh im Brunnen auszuwaschen. Mein Ablenkungsmanöver hat funktioniert wie geschmiert.

»Cat Noir, nimm ihr das Miraculous ab!«, befiehlt er.

Hawk Moth gibt also niemals auf!

Über mich gebeugt, mustert mich mein Verbündeter und hebt dabei eine Hand.

»Endlich werde ich herausfinden, wer du bist, Ladybug …«, flüstert er und will mir die Maske abreißen.

Als er am wenigsten damit rechnet, ziehe ich sein Gesicht zu mir heran und drücke ihm einen Kuss auf die Lippen. Ich muss zugeben, dass das gar nicht so unangenehm ist … Aber Cat Noir darf das natürlich niemals erfahren! NIE-MALS! Wie ich ihn kenne, wäre er dazu in der Lage, sich damit tagelang zu brüsten. Hilfe!

Ein paar Augenblicke später ist er dann wieder ganz der Alte: nervtötend, aber mu-

tig und immer da, wenn ich ihn brauche. Und das ist doch im Grunde das Wichtigste, oder?

»Was mache ich denn hier?«, fragt er mich noch ganz durcheinander.

»Dafür haben wir jetzt keine Zeit!«, erwidere ich und hieve ihn mir auf die Schultern. »Schnapp dir die Brosche!«

Vorsicht, Katze im Anflug! Ich schleudere ihn auf Dark Cupid, der nach hinten fällt. Dank seiner Kraft zerstört mein Verbündeter den Riemen des Köchers im Nullkommanichts. Das nennt man wohl Effizienz!

»Frohen Valentinstag, meine Schöne!«, ruft er und wirft mir die Brosche zu. Ich genieße es, sie zu zertreten und so den bösen Schmetterling zu befreien, der darin steckt. Dann öffne ich mein Jo-Jo mit der Fingerspitze.

»Gleich musst du nicht mehr böse sein!«

Nachdem er kurz hindurchgeflattert ist, geht von dem Akuma keine Gefahr mehr aus.

Letzte Etappe: den Schaden beheben. Dafür benutze ich meine letzte Superkraft.

Ich werfe den Liebesapfel in die Luft und rufe: »Miraculous Ladybug!«

Die Süßigkeit verwandelt sich in einen Schwarm magischer Marienkäfer, der sich über ganz Paris verteilt … Mission vollbracht!

Cat Noir wirkt ebenso glücklich wie ich. Doch meine Ohrringe fangen auf einmal an zu blinken. Jetzt dauert es nicht mehr lange, bis ich mich in Marinette zurückverwandle … Ich muss schnell verschwinden, sonst wird allen meine geheime Identität enthüllt!

»Warte!«, ruft Cat Noir mir nach. »Ich muss dir noch was sagen …«

Oh nein, er erinnert sich an alles! Ich erstarre wie vom Donner gerührt.

»Hör zu«, sage ich zu ihm. »Was den Kuss betrifft, ich musste doch diesen Fluch brechen …«

»Ein Kuss?«, staunt er. »Was denn für ein Kuss?«

Uff, bin ich erleichtert: Er kann sich doch an nichts erinnern!

Auch wenn es für einen guten Zweck war, so hätte ich doch lieber – und zwar bei Weitem! – Adrien geküsst. Er ist der einzige Prinz, der mein Herz regiert. Übrigens habe ich heute eine wichtige Lektion gelernt: Die Liebe siegt am Ende tatsächlich immer.

Morgen liest Adrien dann meine Karte, sodass er weiß, was ich für ihn empfinde … Moment mal, jetzt wo ich darüber nachdenke, habe ich mein Gedicht überhaupt unterschrieben? Als ich damit fertig war, hat sich ein hübscher Marienkäfer auf das Blatt gesetzt, dann hat Alya mit mir gesprochen und schließlich … Oh nein, ich kann mich nicht erinnern!

Für Adrien ist dies die schlimmste Mission gewesen, seit er ein Superheld ist. Er hat seiner Lady so furchtbare Dinge gesagt! Wenn er nur daran denkt, sackt er verzweifelt auf seinem Bett zusammen.

»Was hast du denn?«, fragt ihn Plagg. »Sieh nur, die ganzen Briefe von all deinen Verehrerinnen! Jetzt musst du dir nur noch eine aussuchen.«

Aber Adrien hat sich ja schon eine ausgesucht. Und er ist sicher, dass Ladybug ihm nicht geschrieben hat, vor allem nach all den Gemeinheiten, die er ihr an den Kopf geworfen hat.

Während der Kwami den Briefstapel durchwühlt, flattert eine rosa Karte daraus hervor und landet vor Adrien. Der Junge richtet sich auf, um einen Blick darauf zu werfen. Und plötzlich ist er wie vom Blitz getroffen! Jemand hat auf sein Gedicht geantwortet! Ein Gedicht, das doch eigentlich ganz unten in einem Papierkorb landen sollte …

»Goldglänzendes Haar, grün schillernder Blick …«, liest er laut vor. »Seh ich dich an, sind deine Träume und Gedanken mein Geschick. Ja, ich will gern am Valentinstag mit dir ausgehen. Wir gehören zusammen. Ich werde dich immer lieben und schenke dir mein Herz.«

Aber, oje, keine Unterschrift!

In diesem Moment, keine Ahnung, wo er herkommt, taucht ein Marienkäfer in seinem Zimmer auf und setzt sich auf die Karte. Ist das vielleicht ein Zeichen?

Adrien seufzt. Er würde wirklich so gern daran glauben …

ENDE